JOANN SFAR

RIVIERA

SONATINE ÉDITIONS

Textes et Dessins : Joann Sfar
Consigné à la lumière nocturne au travers du prisme déformant d'une bouteille. mais tout est vrai.

RIVIERA
joann SFAR

Paul Boulakia est un ami intime, un grand guitariste et un citoyen honnête, aux antipodes du héros peu recommandable de ce récit. Merci Paul, d'avoir été le modèle involontaire de Mister Formidable. Merci également aux authentiques mauvais garçons que je ne peux nommer et à qui je dois mon dictionnaire intime de faits divers. Ils se reconnaîtront. Ou pas. C'est, comme on dit, mon syndicat d'initiative.

Joann Sfar.

Directeurs de collection : Arnaud Hofmarcher et Marie Misandeau
Conception graphique : Jeanne Mutrel
Coordination éditoriale : Jeanne Evrard

Sonatine Éditions
92, avenue de France
75013 Paris
lisezsonatine.com

ISBN : 978-2-35584-988-6
N° d'édition : 988
Dépôt légal : mars 2023

CHAPITRE 1

UN PETIT PARIS-NICE

Ne croyez pas les antisémites. Il existe plein de juifs honnêtes.
LA PURÉE de nous autres
cuisine intersectionnelle

Moi, malheureusement, je m'en fais pas partie.
anisette
carottes au cumin
PHENIX Le chat
zitoune

J'essaie de me ranger des voitures, comme on dit. Mais le parking doit être complet. Je me trouve pas ma place.
C'est la guerre au virus!
Confinement,
toussa.
(télévision avec Macron)
Je joue "Asturias" sur ma Favimo.
(cadre avec le rabbi de Loubavitch)

Je finis toujours par ressortir les flingues. Obligé.
Heureusement qu'on s'aime, Clairette, car on va être que deux pendant longtemps, dans cet établissement. Dans cet étaaaaa ♫
Hu! Hu!
Hu! Hu!

... Et mous rembourserons quoi qu'il en coûte.
Pareil en langue des signes.
amen!
quoi qu'il en coûûûûte
Babouma, si cette épidémie se prolonge, Le restaurant, il est foutu.
Mais le président il dit qu'il rembourse!
cacher
Beth Din
complet poisson le midi

Y mous confime. On reste fermés. Mais il paie.
Oui!
Pour des restaurateurs honnêtes, c'est très gentil de sa part. Mais ici, on tourme à soixante-dix pour cent en liquide.
Clairette, si ton Macron me rembourse que mes trente pour cent d'honnêteté, on va pas aller loim.
Je t'en supplie!

Ne va pas te remettre dans des combines.
mon, mon.
POP
Jure!
C'est péché de jurer.
Piments
variantes
Lupins.
Jure sur la tête des enfants!
Sol sept!
ANISETTE PHÉNIX
LE CHAT
sans phosphates

Ça te va, Sol Sept ?
quoi ?
Toi, tu sauves les meubles au restaurant, et moi je reprends un taxi chez Sol Sept.
Tu crois que à 64 ans, il va te reprendre, monsieur Sol Sept ?
Je suis Mister Formidable, oui ou mom ?

Éviter que le restaurant il coule. Comme si c'était un petit bateau.
La vérité, j'ai passé ma vie à ça. Vider la mer avec une cuiller à café.
J'ai jamais réussi un gros coup.
Si ! J'ai volé Kim Kestrechian. (+) Je me suis pas fait serrer. Mais le butin, j'en ai pas vu la couleur.
Je rêve de pas grand-chose : une villa sur la côte avec piscine. Sinon tes petits-enfants, jamais ils viennent te voir.
Je sais d'avance que je l'aurai jamais. Et je vais JAMAIS m'en remettre.
FORMIDABLE
8
(+) Voir "Fashion Week", éditions Dargaud.

FORMIDABLE !
iL met des paillettes d'herbe dans son tabac. ça le calme. Son défaut : quand il est sur le point d'exploser, rien ne le laisse prévoir.

Surnom du temps où j'étais sur scène.
Derrière un connard de chanteur.
Tellement y jouait mal, sa guitare elle était débranchée et je jouais à sa place.
moi
Tellement il était con il s'en rendait même pas compte.

Et moi, toujours je disais : "t'as été formidable" !
SOL 7

Alors tous les techniciens, y m'appelaient comme ça. Le surnom est resté.
Comment, vous avez pas de taxi pour moi ?
J'en ai.

mais pas pour vous.
Le ton y va monter ou quoi?
Calmez-vous! vous avez trop de métier.
Moi, je vous vois plutôt contrôleur.
FLIC?

'foutez de ma gueule? Espionner les collègues? Faire un rapport si ça sent le cigare dans leur sapin?
J'ai peu de gars qui connaissent autant le taxi que vous.
Acceptez. Je serai très reconnaissant. Faisons un essai pour trois mois. Si ça me marche pas, je vous mets chauffeur, promis.
Si ça va pas, vous me trouverez un taxi?
tope là.

on s'est regardés, on s'est serré la main.
DATE de la poignée de mains.
Pour moi, ça a plus de valeur que tous les contrats.
DATE +3 mois.
Tip! tip! tip!

Parce que je suis um voyou.

Le problème des honnêtes gens, c'est qu'on ne peut pas leur faire confiance.
Allô, la police judiciaire…
… Je vous appelle pour que vous évitiez d'aller me chercher à mon restaurant, ça ferait du chagrin à ma femme, voilà…
GGGLR
… Un ci-devant m'a fait une promesse il y a trois mois et il a menti.

Je crois qu'il va falloir les forces de l'ordre pour moi et du matériel de couture pour lui.
Tu vois. Je t'ai évité de porter plainte. Dans l'état où est ta bouche, tu aurais cochonné le combiné.
Et avec le virus, nous devons appliquer, comment ils disent ?...
Bwaaaaa...
C'est ça. Les gestes barrières.
17

Bwww!
Calme-toi. ils vont venir. ils vont m'arrêter. Et ils vont te recoudre.
Ksss
On est dans la merde tous les deux.
Tout ça parce que tu n'as pas tenu parole.
18

Un peu plus tard, au restaurant.
AH! AH, ça, c'est FORMIDABLE!
Et je fais comment?
Babouma, chérie, tu es le seul coup de fil auquel j'ai droit.
Alors appelle l'avocat.
T'y as qu'à l'appeler toi-même!

...
POLICE
Hé! vous faites quoi ?
Entre là.
Ça va pas! c'est sale! et les gestes barrières!
POLICE
Entre ou je te défonce.

A A A A A A
?
?
?

AAAAAA!

quoi ?
Patron, il refuse d'aller dans la cage.
Je veux pas non plus mettre des bracelets.
Ce n'est ni hygiénique ni digne.
Je me suis dénoncé moi-même. Laissez-moi rentrer chez moi. Je serai là à huit heures demain pour mon audition.

HHHHA
entre!
NON
Tu te prends pour qui?
BAM!
Violence sur fonctionnaire!
Au contraire! Remerciez-moi.
Je vous évite de vous rendre coupable de brutalité policière sur ma personne.

Vous êtes juif?
ça vous regarde?
moi, je suis juif. De Tlemcen. Et j'ai déjà mangé chez vous.
et...
...c'était bon?

Laissez ce monsieur rentrer chez lui. J'ai sa parole. Il sera là demain pour son audition.
HORS de question! Si c'est comme ça, mettez-moi les menottes et foutez-moi dans la cage.
Vous avez vraiment l'esprit de contradiction.
Non.

Je demandais un truc digme. D'homme à homme. Je vous donnais ma parole que je serais là demain.
Et vous acceptez parce que mous venons de la même tribu ??!
Si jacceptais, ça ferait monter l'antisémitisme.

Hé!!!
Le coup de pied au cul, c'était pas obligé.
Je rentre à pied en prenant mon temps. Les seules fois, Dieu me pardonne, où j'ai pas hâte de voir ma femme, c'est quand j'ai déconné.

les Ashkenazes, je veux dire Kafka, ils savent pas ce qu'ils ont fait de mal et ils ont un procès.
moi, je ne me sens jamais coupable de grand-chose. je traverse Paris la nuit.
Théâtre
De Fond de poche
28

CHAPITRE 2

MA FEMME ET LE FLIC

Le restaurant, il est éteint.
?

iL vient pour m'accueillir juste le chien.
Hé ben...
Où elle est, maman?

Je me demande ce que Clairette elle a de mieux à faire que m'attendre à la maison.
Aurait-elle un amant?
Un des cons qui jouent au poker dans mon arrière-salle tous les après-midi?

" Chéri, mon mari est en garde à vue, je te rejoins à l'Hôtel des Voyageurs! "
Ha! Ha!
je me branle.

Pas que j'en aie envie.
Mais les érections persistent.
À mon âge, ça relève des monuments nationaux.
téléphonie
Ma tour Eiffel.
Ma tour de Pise.

À Raison de quinze éjaculations par mois, on Limite sensiblement le risque de cancer de la prostate.
Apres quoi je fais ma prière.
Et je me dors pas.

Au cours d'hébreu, on nous expliquait que chaque éjaculat contenait entre quinze et vingt millions de spermatozoïdes. que chaque spermatozoïde était sacré aux yeux de l'Éternel. Et que quiconque se branlait se rendait coupable de trois fois Auschwitz.
Dieu préserve, c'est très grave.
mais si je me branle pas, ça jute tout seul!
C'est dire le peu de sentiment de culpabilité que j'éprouve au sujet de la balafre sur le visage du cave.
Où est ma femme?

chez le cave, plus tôt.
RiiiiiNG
RiiiiiiNG!
va ouvrir.
RiiiiNG
ça doit être pour mes soins.
!!!

Clairette arrive enfin.
Je demande ce qu'elle foutait. Elle me répond pas.
Je lui explique que je dois être au commissariat à huit heures pour mon audition.
Froidement, elle me conseille de mettre mon réveil. Puis elle s'endort.

Le lendemain, elle me laisse faire ma tefilah.
me raser. m'habiller.
faire mon café tout seul.
comme un chien.
Tu me souhaites pas bonne chance?
Aucune réponse.

C'est pour quoi?
POLICE
mon audition.
Rentrez chez vous. La partie adverse a retiré sa plainte.
!

Vous êtes sûr?
Vous ne me confondez pas avec une autre affaire?
monsieur. On a du travail.
??

La veille au soir.
Vous me laissez entrer?
Partez!
Si vous espérez arranger les choses, partez!
J'ai voulu avoir bon cœur et voilà comment on me remercie.
Fais du bien à Jean, il te le rend en caguant.
Non.
Je me veux pas vous faire du bien.

Vous croyez à l'horoscope?
NON.
moi non plus. Mais parfois, j'arrive à prévoir l'avenir.
Vous allez me menacer?
oooh non!

Je me toucherai jamais à vous ni à votre famille.

mais vous connaissez mon restaurant...
Ce repaire de truands !
Non. Le SEUL repaire de truands intact du IXe arrondissement de Paris.
Ce ramassis, vous voyez, de vieux Juifs et de vieux Arabes.

Avant, c'était beau, c'était noble ; c'était le Milieu et ses légendes.
Aujourd'hui ils ont juste mon arrière-salle pour taper le carton.
ils arrivent en déambulateur, en boitant. Avec une poche urinaire, pour certains.
On les croirait inoffensifs.

Ce sont des dinosaures, avec le sens de la famille.
Si vous observez bien, autour de chaque vieux, vous verrez des enfants dévorés.
ils tueraient quiconque priverait leurs aïeux de leurs petites joies.
Vous me menacez!
Pas du tout.
D'ailleurs, je ne vais pas leur dire qu'un cave veut mettre en taule le patron du seul bistro qu'ils aiment.
ils me le pardonneraient jamais.

Tenez, j'y tiens, c'est pour vos soins.
J'ai aussi mis la carte d'un très bon chirurgien.
C'est là que j'ai refait ma poitrine.
Il est pas juif mais il est très bien.
Partez. Je vais retirer ma plainte.
Attendez.

iL y a une chose que je me comprends pas...
...Lorsque vous avez promis à mon mari qu'il aurait un taxi si la situation de contrôleur me lui convenait pas...
... et quand trois mois après vous avez prétendu avoir oublié cette promesse...
... vous n'aviez pas la moindre idée de la façon dont il allait réagir?

Il est devenu si peu effrayant, mon mari?
Madame, vous n'allez pas me croire.
J'ai de grosses journées. Les directives COVID. Les emprunts. Le fisc. La Mairie de Paris.
J'avais réellement oublié.

Dites à votre époux que s'il revient, il aura son taxi.
Vous lui direz vous-même.
Je ne sais pas s'il pardonne facilement.

Le confinement a déconfiné. On s'est dit qu'on allait ROUVRIR.
mais ils ont instauré une jauge tellement contraignante qu'on est restés fermés. Enfin...
... officiellement.

Le Restaurant est fermé.
La salle est vide, bien entendu ?
(Le flic croit qu'on est fermés.)
LA PURÉE
LA PURÉE
ma femme a pris les choses en main. Pas son genre de laisser les clients en plan.
Je dérange ?
Ça sent...
Le poulet...
(Ah, non. Le flic a compris qu'on était comme le bonhomme Cetelem (t'ouvert).
51

malgré l'extracteur d'air, je vous cuisine trop de haricots blancs pour que ça reste respirable, ici.
Donc, le FLIC.
DING DONG
On peut prendre un verre?
?

on est fermés, directive covid.
on dirait pas.
Si, c'est fermé.
Vous voyez, y a personne.
ça me va. on peut manger quoi ?
?

Dès que je le fais entrer, tous les copains me regardent de travioLe.
Vous avez dejeuné?
Lakémia: entrees déjà sur table alors que t'as pas commandé!
Je suis au régime.
Partagez avec moi, j'insiste.

il aura fallu une épidémie mondiale pour que les clients me voient à la table d'un flic.

on a beau s'asseoir à une table isolée, je vois bien qu'ils écoutent.

Tout le monde bavarde.
Dès que le flic me dit un mot, ils font tous silence et espionnent.
quand on chuchote...
...ils sont ENCORE PLUS silencieux.

Ça suffit, c'est pas l'église !
?
Si j'ai encore du silence, je vous fous tous dehors !
Et vous irez jouer au poker dans une tente de dépistage du covid !
Allez ! Allez on fait du bruit ! voilà !
À nous, maintenant.
quoi ?
mon sac.

Personne va vous le voler ici!
iL y a trente mille euros en petites coupures, dedans. Vous prenez le sac ou je sors tout sur la table?
on est filmés?
Vous essayez de me faire tomber pour quelque chose?
Vous digérez pas le retrait de plainte?
mon père me disait: méfie-toi des Juifs! Chaque fois que tu auras un prof juif, il fera exprès de te saquer.
pour bien montrer qu'il ne favorise pas ses coreligionnaires.

Sur les trente mille, il y a cinq mille pour vous, si vous acceptez le travail.
Rassurez-vous, ce n'est pas du grand banditisme.
Mais en tant que flic, je ne peux pas faire ça moi-même.
Je suis pris dans une sorte de conflit d'intérêts. Entre la police et mes oncles.
Vos tontons font partie du milieu?
Je vous dis que non.
Vous vouliez conduire et être payé pour ça, oui, ou non?
Je vous préviens...
Je fais pas de GO-FAST!!!

qui vous parle de rouler vite ?
Pardon ?
CHérie !
Chérie, tu viens ?
Excusez-moi, je fais plus jamais Rien sans en Référer à ma femme.

qui n'aime pas segar s'ègare.
Ceux qui ignorent Gould seront privés de Chester.

Donc si je résume : Vos trois oncles sont très âgés et vous récoltez en leurs noms les loyers de leurs chambres de bonne à Paris.
En liquide.
Et vous souhaitez que quelqu'un traverse la France pour leur apporter cette somme.
À Nice, où ils habitent.
Chérie, qu'en penses-tu ?
Ça dépend.
Vous fournissez la voiture ?

Oui, j'ai une palestinienne toute neuve.
C'est quoi!!???
C'est fou, ils arrivent à bavarder et à nous espionner en même temps.
Vous connaissez pas les Mercedes palestiniennes? Et vous êtes dans le taxi!
ça a dû m'échapper.
C'est un scandale d'il y a deux ou trois ans...

Des Saoudiens débarquaient en vacances d'été à Paris. ils étaient pris en charge dès Le Bourget : berline flambant neuve, pas encore immatriculée, fausse plaque ; chauffeur jordanien. Et ils étaient cornaqués pendant toutes leurs vacances dans des hôtels et échoppes qui trempaient dans la combine. ils payaient un forfait pour tout leur trip.
Et à la fin de l'été, les bagnoles étaient vendues comme neuves en Allemagne.
Pourquoi vous appelez ça des palestiniennes ?

Parce que toute la magouille était financée par le Hezbollah libanais. Et l'argent a servi à creuser des tunnels et à acheter des armes pour Gaza.
je croyais qu'il y avait l'aide européenne pour ça !
?
Vous en faites pas. même s'ils ont tout entendu, ils vont fermer leur gueule,
mes clients.
ils ont pas envie que leur restaurant favori il ferme, ces bourricots !
qui nous espionnent.
RHO!
ça va!

CHAPITRE 3

LE BLÉ ET LE SUCRE

ma femme est daccord.
Je prends la route avec l'autorisation des autorités policières et domestiques.
ça m'inquiète.

Je connais l'honnêteté, je connais la truanderie. Ce plan-là relève un peu des deux, mais penche davantage vers la légalité. Je devrais être tranquille.
Je ne suis pas tranquille.
Parfois, on sent que ça va mal se passer. On ne sait juste pas de quelle façon.

J'ai trente mille euros sous le siège. J'ai qu'à traverser la France et les donner à trois petits vieux.
Il suffit que je m'arrête pas au casino. Ha! Ha!
Je m'arrête au casino.
CASINO
Obligé!

Je ne bois pas. Je change l'intégralité de la somme en jetons. Comme pour m'en débarrasser.
On me donne les jetons et je dis : "Formidable !"
Formidable !
Je joue tout sur le noir.
RouliRoula RouliRoula

J'ai presque hâte de perdre. Peut-être que si cette somme ne venait pas d'un flic, j'aurais agi autrement.
ROULI ROULI ROULA
Je gagne. J'ai doublé ma mise.
Je ne rejoue pas. C'est comme si ce magot avait été purifié par le passage au casino.

J'ai soixante mille euros en poche.
?

Hé! Le chanceux!
Voilà!
C'est ça que j'ai oublié. Je suis parti, pour ainsi dire, tout nu.
Je me suis pas armé.
Hé, gagneur!

Parce que je l'ai promis à ma femme.

Je n'ai même pas un cran d'arrêt.

je sens son haleine. il n'a pas encore décidé s'il va m'attaquer ou pas. Après tout je suis le seul de nous deux...
...à savoir que je suis désarmé.

Il ne m'empêche pas de monter dans la Mercedes. Il me laisse démarrer.

En quittant le parking du casino, je le vois dans son véhicule. Il n'a sans doute pas encore décidé s'il allait me suivre.

Je roule seul pendant quelques kilomètres. Puis j'ai envie d'une glace.
Je sors de l'autoroute au relais le plus proche. C'est calme.
même si elle roule feux éteints, je vois sa voiture.

il ma suivi.

il rôde autour de ma voiture.

il la touche. main sur la portière arrière.

Je fais semblant de discuter avec la caissière. C'est pour regarder les caméras de surveillance.
Je vois le zozo entrer dans ma voiture. Porte arrière gauche.
Rassurez-vous, l'argent est sur moi.
Un Magnum chocolat-amandes, ce sera tout?
Oui.
Non. Vous vendez des sprays lacrymo?
Non.
Des matraques télescopiques?
Non.

♫ station assise

le prédateur s'ankylose ♫

un cutter, un coupe-papier, un Laguiole ?
mon.
mais si vous voulez tuer quelqu'un...
Vous prenez une bouteille de J&B, vous la cassez et vous l'égorgez avec les tessons.
Ha! Ha! Ha!
Zut. elle croit que je rigole.
J'espère que vous êtes un voyou.
Et elle me plaît.
Je vais prendre un démonte-pneu.

Elle me trouve très spirituel. Elle fait remarquer que sa collègue peut tenir la caisse, le cas échéant.
Échéant de quoi?
Je lui sers d'objet sexuel.
Dans son local
de fonction.
Nous sommes satisfaits. Elle me vole pas mon argent. Elle me dit que je peux rester dormir là.

Genre Andréa Ferréol.
moi : EMILFORK ressuscité !
dans l'obscurité de son dortoir, nous avons tous les âges.
ce qui se passe sur l'autoroute reste sur l'autoroute.

Si t'es encore là d'main matin, t'auras une glace.
j'ai peur que ça me refroidisse.
ça et la lumière.

L'envie de laisser mon cambrioleur potentiel poireauter sur le siège arrière de la palestinienne est réelle. Mais je ne parviens pas à trouver le sommeil lorsque j'ai quelque chose à finir.
La caissière est redescendue travailler. Je lui laisse 500 euros sur l'oreiller.
Je crains que ça vexe, je reprends mon billet.

Je sors par l'arrière de la station. l'autre zguègue somnole dans mon sapin.
J'avance en crabe.
J'ouvre! Le temps qu'il se réveille, je le tire par les pieds.
Sa tête heurte le marche pied.
Je le finis au sol et en silence.

Le monde est bien fichu : un distributeur automatique de crèmes glacées m'évite de croiser à nouveau la caissière. Certaines étoiles doivent rester filantes.
Je te propose pas un eskimo.
il n'a plus d'appétit.

C'est pas propre.
il va dans le coffre.
Bom voyage.
on démarre.

Je mange ma glace.
Sperme, sang, glucose.
J'ai rien pris pour essuyer.

Ce n'est pas FORMIDABLE d'avoir tué cet homme. N'allez pas croire que je néglige la valeur de la vie. Ou que j'en fais une habitude. Ça peut arriver. C'est tout.
Et ce n'est pas une raison suffisante pour que je finisse ma vie en prison. Donc je me débarrasse du corps.
Vous vous en foutez, de savoir comment on fait disparaître cent kilos de viande?

vous voulez savoir ? par curiosité ? ou vous vous dites qu'on sait jamais. si une nuit vous avez quelqu'un à faire disparaître...
... vous aimeriez éviter de chuchoter au micro de votre smartphone : "dis Siri, comment se débarrasser des restes ?"
car on ne sait jamais qui écoute votre téléphone.

Mon premier conseil : faites ça dans une région que vous connaissez aussi bien que le fond de votre calbute. Dans le cas qui nous préoccupe : la Côte d'Azur.
inconvénient : je ne vais pas voir la mer tout de suite. Je quitte l'autoroute. Je prends la route de Dignes. Je file vers les montagnes.
Bien entendu, j'ai fait le plein avant pour pas signaler cette petite excursion.

Attention: il n'existe aucun lieu où un cadavre sera introuvable.

il suffit plutôt de trouver un endroit où personne cherchera.

le bon Dieu doit bien se marrer : je passe devant La Bollinette. Meilleure boulangerie du monde. À flanc de falaise. J'ai envie de leur fougasse aux anchois. Je ne peux pas m'y arrêter car je dois être discret. Ah, il est bien puni, monsieur FORMIDABLE !
boulangerie
Ça va, dans le coffre ?
Je t'emmène au caveau familial.
Je te préviens, c'est grand.

Allez, petit jeu afin que le lectorat ne s'ennuie pas : quelle est la plus vaste commune de France ? Paris ? Lyon ? Marseille ? Non ! C'est Saint-Étienne-de-Tinée. Son village est minuscule. Mais il est entouré d'insondables forêts. Toutes escarpées, difficiles d'accès. C'est là que j'ai toujours caché mes erreurs.
Je monte à très haute altitude. J'emprunte des chemins abandonnés par les bergers.
Les éboulements de la Roya et des vallées environnantes rendent mes cachettes encore plus inaccessibles.

je le fous à poil. j'enlève ses vêtements, ses lunettes, ses papiers. je ne revendrai pas ses bijoux. Tout va dans un sac-poubelle.
je casse ses dents à coups de cailloux.
Je lui brûle les mains. inutile de l'enterrer.

C'est inaccessible, ici. Sauf pour les loups. Par chance, ils sont de plus en plus nombreux dans la région.

S'ils mangent autre chose que des moutons, les éleveurs seront reconnaissants. il pleut. Ce n'est pas un signe de connivence maçonnique, il pleut vraiment.
Je repars vers ma voiture.

CHAPITRE 4

MISSISSIPI BAR

Promenade des Anglais.

Pas de soleiL.
NEGRESCO

Pour sécher tes larmes tu peux te répéter tant que tu veux que c'était pas aussi bien que ce qu'on s'imagine, la Côte d'Azur. En vrai, c'était encore mieux. Et ça n'existe plus.

quand j'étais jeune, ici, je faisais l'ecole hôtelière.
Le soir, avec André SFAR, on jouait dans les bars des Ponchettes, près du Casino. C'était FORMIDABLE!

SFAR levait des mamas. Ce n'est pas vrai. Des mamas se jetaient sur André SFAR, et il choisissait.
Puis il allait dormir rue Xavier-de-Maistre, chez sa maman. Sur le canapé.
Et moi, je continuais à déconner.

André, tu es avec quelquun?
non, maman.
Chérie, tu es avec quelquun?
ça dépend de toi!
Formidable!

Je n'étais pas beau mais j'avais quelque chose...
... ma guitare, sans doute. C'était FORMIDABLE!
Chante encore des conneries.
Oui, pour toujours.
105

une nuit, avec SFAR, on a rencontré Georges Brassens après son concert à la Pinède de Juan-les-Pins.
Pardon, on n'a pas pu se payer l'entrée.
On vous a écouté par-dessus la palissade.
Je dis pas que tu l'as pas jouée, cette note, je dis que je l'ai pas entendue !
Té, je suis sûr que de derrière la palissade les minots l'ont perçue, eux
Il nous a payé une bière. Puis il a causé accords avec son contrebassiste.

♪ je vivais heureux ♪
Chaque mot, il parle de nous !
T'as cru il disait "auprès de mon Arabe" !

Une nuit, SFAR est parti très tôt avec la fille du bâtonnier qui était membre de l'Action française.
Je crois qu'elle aimait bien s'envoyer un Juif algérien pour faire chier son père.
RUHL
Car à ses yeux, je suis pire qu'un Arabe?
André, je t'aime tellement.
L'amour consiste à emmerder ses parents.

formidable!
Le Regard des mouettes c'est comme le regard des vaches, sans les vaches.

Donc j'étais sur la Promenade des Anglais, Près de Rauba Capeu et seul. Le Casino faisait relâche, ce jour-là.
J'étais à deux doigts de finir au Mississipi. Bar à gigolos. Une institution. Qui sent autant les anchois qu'un vieux pan-bagnat. Idéal dès qu'on sort de prison.
Mississipi
quand tu vas pècher au Mississipi, tu ramènes toujours du poisson. Mais il est rarement FORMIDABLE.

Donc je suis resté devant. Ma chemise un peu ouverte. Guitare à l'épaule. J'ai fumé. Et je me suis mis à entendre la pire musique imaginable.
C'était Le Con. La première fois que je le voyais. Il tentait de faire comme les Américains : le déhanché, la Telecaster, les cris.
Jamais personne n'a joué aussi faux.

va y avoir du PiF · PAF !

Va savoir pourquoi, je m'en suis mêlé.

ne me demandez pas comment, un des assaillants a fini avec un pied de parasol dans le bide.
Débâcle générale. Personne veut porter le chapeau. Je me retrouve seul sur la plage avec le rocker et la victime.
il est mort! il faut appeler la police!
il est mort. il ne faut pas appeler la police.

On est partis tous les trois dans sa décapotable, le cadavre, lui et moi. Direction : Saint-Étienne-de-Tinée.
Nous étions jeunes et insouciants. On s'est arrêtés à la Bollinette.
Deux fougasses !
Et pour votre collègue dans la voiture ?
il a pas faim.

mets-lui des miettes, ça fera plus vrai !

Époque insouciante ! Dès que le mort fut déchargé au fin fond de la Tinée, on prit place à ses côtés.

À l'ombre de son parasol.
je l'ouvre ?

Lorsqu'un objet est dans un blessé, il ne faut pas le retirer, au risque de le voir se vider de son sang.
Pour un mort, c'est pareil?
Je l'ignore, je suis pas médecin mais guitariste.
Attends...

Tu as un autre admirateur dans le coffre?
une guitare.
iL me sort une Gretsch Chet Atkins toute neuve. Comme si c'était rien. je joue.
Tu joues beaucoup mieux que moi.
c'est pas difficile.

Je lui fais du malouf, mais il connait pas.
Du swing gitan, il trouve ça vieillot.
Alors du Rock : Musique inventée par les Noirs, offerte aux petits Blancs par Elvis Presley qui chantait "Hound Dog" sans savoir que dans l'esprit de Big Mama thornton, c'était un éloge du cunnilingus. Musique adoptée par les enfants européens anxieux, pour dire leur sexualité.

il a précisé que ce serait bien payé et j'ai commencé à travailler pour lui

DIEU PRÉSERVE ! CONNARD !
Connard, moi, ou l'autre conducteur. J'ai failli plonger dans le ravin. Cette route est de plus en plus dangereuse.
ou c'est l'âge.

même les choses les plus moches de notre jeunesse nous semblent FORMIDABLES. Malgré mon détour montagnard et en dépit de la pluie, j'aperçois enfin la mer.
aujourd'hui tu pourrais te dire que c'est la faute à la pluie si on appelle ça La promenade des Anglais.
Je souhaite prendre un verre au Koudou, juste à côté du Mississipi. Juste pour voir cette vieille façade moisie.
ça n'existe plus, monsieur.
Office de Tourisme
HardRockcafé
Plus de Mississipi. Même plus de bar à côté du Mississipi pour repérer les entrées.

3
Ça n'existe pas, d'aller au Mississipi!
Dis donc, SFAR, je fais ce que je veux.
MISSISSIPI
Mon, mon! Tu es un ambassadeur!! Tu dois te respecter.
Ambassadeur de mes couilles!
Pas seulement! Tu es un Juif de Sétif que les Niçois prennent tantôt pour un Arabe, tantôt pour un pied-noir. ALORS tu es responsable de la réputation de…
Réputation de mes couilles.

SFAR, je ne sais pas où tu mets le sexe, mais c'est trop haut pour moi.
Je pense juste à la gueule que tu feras le matin.
Tu veux que je te fasse la liste de tes grands principes?
Je les connais, c'est les miens.
Non non.
Je vais te les dire. Vraiment, ça me fait plaisir, car je note toutes tes conneries.
Gitane?

Alors : ① Ne jamais regarder une femme par-derrière, ou en secret. Il faut de la franchise, y compris dans le désir.
② Éviter la pornographie. Ne jamais avoir recours à la prostitution. Ne jamais...
Qu'est-ce qui t'ennuie là-dedans ?
Tu es beau. Elles te courent après.
Tu peux te permettre d'être au-dessus de la mêlée, moi pas.

J'allais donc dans ce bar à gigolos en sentant derrière moi le regard réprobateur de SFAR.
Pour qui il se prend?
La patronne repérait quand c'était votre première visite. On était sans doute moins débraillés que les autres.
Ici, vous avez compris, ce sont les dames qui décident.
Parce que dehors, c'est différent?

Je danse avec une vieille. J'ai quoi? 21 ans? Et elle? Dix de plus? Elle est bien.
Soudain, on me donne des coups de cul. Un cul d'homme. J'ai l'oeil, pour ça, si on peut dire. C'est le mari et il souhaite que je m'éloigne.
BUM!
Je l'allonge.

Ahchounimek!
Wjah Zabi!

quoi? vous avez dit que c'est les dames qui décident!
Sauf quand leur mari pense autrement.
J'imaginais déjà la gueule de SFAR quand j'allais lui raconter les maris notables qui organisent les coucheries de madame. " ils viennent chercher l'énergie maghrébine car la France manque de combustible!"
Vous allez me virer?
Non, non.

Elle m'a expliqué que j'étais une petite brute qui présentait bien. Et qu'elle n'avait plus de videur.
mettez juste une veste. Si vous en avez pas, on vous en prête une.
Dès lors, j'ai eu mes entrées. En échange, je faisais un peu de ménage. Pendant quelques semaines seulement. C'était moche à tous les niveaux.
Chez ta mère que t'étais soit-disant!
dehors, khouya, te donne pas en spectacle.
Aujourd'hui, ça me manque.

CHAPITRE 5

L'ARGENT DU SHABBAT

je me gare boulevard Dubouchage cinquante ans plus tard.
(j'ai enfilé une veste.)
Pardon d'emprunter au vocabulaire maçonnique mais la seule phrase qui me vient à l'esprit c'est : IL PLEUT.

J'ai soixante mille euros en poche. quasiment la moitié doit être livrée aux oncles du flic. Mes jobs me sont jamais FORMIDABLES. Autant régler ça au plus tôt. ALLÔ? C'est sur répondeur. on verra demain.

Histoire juive : c'est un juif qui a tué quelqu'un et qui n'a pas réussi à se vider les couilles. Où voulez-vous qu'il termine sa journée?
Vous êtes un habitué de cette synagogue?
Plus que toi, Ben Zona!
TEMPLE ISRAÉLITE

C'est POUR ?
Je viens dans une synagogue et je suis chauve. Tu veux que je te dise quoi ? C'est pour une mise en plis ?

Monsieur, je ne vous connais pas. Vous permettez que mon collègue vérifie votre sac et pratique une palpation ?
TABAC
Une palpation ? Je te jure, si on n'était pas dans la maison de Dieu, je prenais tes glaouis et je te les servais en chtetra avec la sauce et les condiments.
Monsieur, je vais vous demander de sortir.
Appelle moi le rabbin !

Appelle le rabbin Assayag !
Je ne connais pas de rabbin Assayag !
Appelle le rabbin Kling, le rabbin Abittan, le rabbin Bensoussan...
Je ne connais aucun de ces rabbins.
Tu es sûr que tu es de Nice ?

il me pose la main sur l'épaule. je lui fais remarquer quil me faut pas faire ça.
Monsieur, sortez, je me veux pas brutaliser un vieillard.
!
s'il n'avait pas dit ça, je serais peut-être parti sans faire d'histoires.

Je lui saisis le poignet. Il me fait remarquer qu'il est instructeur de krav-maga. J'ignore de quoi il est question.
Sans le faire exprès, en balançant ce gamin hors de la synagogue, j'abîme la porte.
Il a fallu ce boucan pour que le président de la communauté se déplace.

André SFAR!
Y a des choses qui changent pas, tu es toujours aussi con.
um...
C'est ton fils, l'instructeur de yoga, là?
non, le mien, il dessine des "Bibi FRicotin"!

Pardon, maître SFAR, je savais pas que c'était votre ami.
Je le fouille pas, alors?
Tu as eu la kémia, tu veux le complet poisson maintenant?
Non, parce que vous avez dit qu'on fouille toutes les nouvelles têtes sans exception.
Tu le laisses entrer, mais il va payer pour la porte.
Je sais pas combien de fois vous avez changé de rabbin depuis mon départ.
Vous auriez mieux fait d'investir dans une porte plus solide.

Sfar m'assied à la place qu'il continue de payer pour son fils, même si ce dernier vit à Paris.
ça te dérange pas que je prenne la place de ton fils?
ça me dérange que tu paies pas une place pour toi dans la synagogue de ta jeunesse.

Le reste du temple est blindé car c'est shabbat.
Je n'y avais même pas pensé, qu'on était shabbat.

Dans un sens, c'est bien, car je vais prier afin qu'En-Haut on me pardonne l'homicide.
D'un autre côté, ce n'est vraiment pas FORMIDABLE car j'ai de l'argent plein les poches et c'est un péché de porter durant le Shabbat. Surtout des billets. Surtout dans la maison de Dieu.
J'ai peur que ça me porte malheur. Je ne suis pas religieux mais j'ai la superstition.

Par exemple, en revenant de Saint-Étienne-de-Tinée, quand j'ai failli envoyer la voiture à flanc de colline, j'ai pensé que c'était à cause de la datte et du papier aluminium.
Dans chaque nouveau véhicule, ma femme cache une datte et des psaumes hébraïques et ça me protège des accidents. J'ignore pourquoi elle emballe ça dans du papier alu. Mais je sais que tant qu'on laisse ce fétiche en place, on n'aura pas d'accident.
Dans cette voiture palestinienne, ma femme n'a pas déposé sa magie. Ça me met en danger.

SFAR !
Tu vas me laisser prier? on parlera après.
Tu es le seul Juif qui me bavarde pas à la synagogue!
C'est pour ça qu'ils m'ont nommé administrateur de la communauté.
Je m'en fous, écoute-moi!
Un Juif qui apporte du fric à la synagogue un shabbat, il risque quoi?
Ça dépend.
Ça dépend du montant?

Hakadoch Baroukh Hou, c'est "Le saint, Béni soit-il", ou alors "Hachem" ce qui signifie "Le nom", ou bien "D.ieu" avec un point entre le "D" et le "i" histoire de pas écrire son nom en vain.
Adonaï !
Son vrai nom secret, il comporte soixante-douze lettres ou quoi. Si tu le prononces, t'as la magie nucléaire. Même son petit nom "Adonaï" ou "Yahvé", comme disent les patos, t'as pas le droit de le prononcer.
quand j'étais golle au cours d'hébreu, je savais pas, j'ai lu "Adonaï" au lieu de remplacer par "Hachem", j'ai pris une treHa.

mais non, Hmar ! ça dépend s'il l'a fait exprès ou pas ! s'il a de l'argent sur lui et qu'il ne s'en rend pas compte, Hakadoch Baroukh Hou lui pardonnera.
c'est gentil de la part de Hakadoch Baroukh Hou,
je peux prier, maintenant ?
Non.
imagine un Juif qui s'aperçoit dans la synagogue qu'il a plein d'argent sur lui
Ha ! Ha ! Ha !

C'est une blague ultra-connue ! Elle date des anciens francs : un juif découvre deux billets de cent francs dans son veston un soir de shabbat. Il a peur de se les faire voler mais comme IL N'EST PAS QUESTION qu'il les garde sur lui, il les met dans son livre de prières. À la page de "Tu ne voleras point".
Et à la fin du shabbat, il vient pour les récupérer et à cette page, il ne trouve plus rien. Or, au chapitre de "tu aimeras ton prochain comme toi-même", il retrouve un billet.
Tu dis qu'il n'est pas question qu'il garde les billets sur lui en sortant du temple ?
Ça lui porterait malheur ?

– Ton bureau est au fond après les W.C? Tu peux me prêter les clés de ton bureau?
– Je ne porte pas de clés le shabbat. Le bureau est ouvert.

C'est vrai
Dieu est le seul type qui me fait peur.

Profitez-en pour laisser de quoi rembourser la porte.
Je planque soixante mille euros dans le local administratif de la synagogue de Nice.
Hm
Je change trois fois de planque.
Et je prie soit pour que les fidèles soient honnêtes, soit pour qu'ils n'aient pas le talent nécessaire pour fouiller cette pièce.

Je retourne à l'office pendant le sermon du rabbin. Il parle de Jérusalem et du sentiment d'appartenance que chaque Juif doit éprouver à l'endroit de la Ville sainte.
La beauté est partout, mais Dieu est à Jérusalem.
C'est complètement con ! Dieu était à Sétif, quand on y habitait ! Dieu, il est aussi à Nice !
Et à Paris ?
Ça, je ne sais pas.
Tu as bien caché ton argent ?

On sort, aux dernières syllabes du chant "Yigdal Elohim Haï".
Au-dessus comme en dessous des cieux, tout obéit au vouloir de l'Éternel
HOTEL
S'il vous plaît.
Ne stationnez pas devant la synagogue.
Hé!
Faut bien que j'allume ma petite cigarette de shabbat
(trop choqué)
Ça va. Je rigole. Je fume pas shabbat.

Formidable, tu dînes où pour shabbat?
J'ai quelque chose de prévu!
NE STATIONNEZ PAS DEVANT LA SYNAGOGUE!
Tu vas pas rester seul! Viens! Je vais chez mes neveux à Vaugrenier.
Je te dis que j'ai de la famille.
IL te reste du monde à Nice? Première nouvelle!
Fous-moi la paix.

Je vais au Mississipi, voilà !
Mais enfin...
Je sais, il est fermé. Shabbat Shalom !
Shabbat shalom. Je te laisse à tes secrets. Viens samedi à la tombée de la nuit et je te rendrai ce que tu as caché dans mon bureau.
Dieu te bénisse, André SFAR.
Toi aussi, Formidable...
...mais ne reste pas seul pour shabbat.

J'attends qu'ils soient tous partis vers leurs familles. Puis on reste seuls dans la rue Deloye, la synagogue et moi.
HOTEL
De mon temps, il n'y avait pas d'hôtel, face à la synagogue.
iL vous Reste des chambres ?
oui. vous en voulez une en particulier ?
oui.
J'aimerais vue sur le temple.

Tout ça pour surveiller mon pognon.
Ça doit les rendre dingos, les gamins de la sécurité, ces fenêtres. Avant, c'était un mur blanc. Mais dorénavant, n'importe qui peut aller à la fenêtre et Bim !
Si j'étais eux, je garderais les lieux même la nuit.

La synagogue s'ouvre. Mon copain de tout à l'heure sort et va faire le tour de la rue. Zut ! ils ont pensé exactement comme moi. Il finit par se planter EXACTEMENT sous ma fenêtre. Alors ça, c'est FORMIDABLE !
Moi qui m'ennuyais, je vais pouvoir lui cracher dessus. Quand j'avais sept ans à Sétif, je mollardais sur les chapeaux, les tarbouches et les kippot. J'étais déjà antiraciste.
Un jour un con s'est plaint et mon père m'a battu avec la tapette en rotin, celle pour les grands tapis.

HOTEL

je vise le centre de sa kippa.
iL Lève la tête.
iL prend tout dans l'oeil.
Pardon, c'est l'âge.
quand j'ai pas mon dentier, je bave.
MOTEL
Mais je vous ai fait quoi?
Rien. monte prendre un verre, je m'ennuie.

Tu monteras aussi bien la garde d'ici. Et si Hitler se pointe, on sera deux à lui cracher dessus.
Vous faites quoi, ici?
Ça te regarde pas.
Et toi? Vous craignez une menace particulière?
J'ai rien le droit de dire.
Alors, c'est moi qui parle. Vous avez combien de vrais petits nazis, en ce moment, à Nice?
C'est pas comme ça!

Des types prêts à passer à l'acte ? Pas plus de vingt, non ? Et je suis certain que sans faire trop d'efforts, vous les connaissez tous.
Je vous dis que c'est pas comme ça.
Dans un 9 mm, le magasin contient dix cartouches. J'aurais qu'à recharger qu'une fois.
Personne me connaît, ici. Je m'ennuie. Tu as une liste à me donner ?
Vous allez surtout dormir.

Vous êtes vieux. Vous avez l'air crevé. Et ivre.
Je suppose que pour une pipe, c'est non aussi ?
Rho, ça va. Je trouve juste que c'est très con d'attendre. Du moment qu'un type porte une croix gammée, on devrait agir et c'est tout.
Ceux qui sont morts dans les camps, ils pensent quoi, quand ils te voient attendre ?
Fais dodo, papy, ce monde est fini.
170

De ton temps, y avait dix anciens OAS et vous alliez vous dérouiller derrière le flipper.
Aujourd'hui, les moins dangereux, c'est ceux qu'on reconnaît.
Tu sais qui veut casser du Juif, aujourd'hui ?
Moi, quand je t'écoute !
Tout le monde !

il y a des antijuifs chez Le Pen, chez Mélenchon, chez les antivax, chez les pro-Poutine, les Gilets jaunes, les islamistes, les pro-Hezbollah, les pro-Qatar, Les Soral, les Dieudonné et même chez les Zemmour. Tu veux qu'on fasse quoi?
Bon je comprends.
Tu dis que si on tape un nazi, ça sert à rien.
Voilà.
Aujourd'hui, la menace peut venir de n'importe où. Un "déséquilibré", comme on dit.

Et aujourd'hui tu crois qu'on peut faire ce qu'on veut ? Tu peux pas comprendre, t'as pas grandi dans un monde où n'importe qui a une caméra sur son téléphone.
On est entrés dans un monde où les actes ont des conséquences.
Il paraît. C'est bien triste.

Tu as une fiancée qui t'attend à la maison ?
Oui.
Elle est juive ?
Je t'en pose, des questions ?
Va la rejoindre. Je monterai la garde.

La dernière fois que je me suis battu ici, c'était une sortie de Shabbat. Un samedi soir dans les années 1980. J'étais déjà un peu vieux. Ou bien on rompait le jeûne de je me sais quelle fête?
Je m'attardais au café rue Pastorelli avec des copains.
Quand les gars sont arrivés, on aurait dit un cadeau pour mon anniversaire.
Ils avaient toute la panoplie : les chaussures militaires, le crâne rasé, les écussons.

Brasserie L'OLYMPIA

C'est pour nous, ça?
Laisse faire les jeunes.
Les jeunes d'avant, c'est nous.

ILs portaient un pneu. je les ai vus le balancer face à L'entrée de la synagogue et y mettre le feu.
J'appris plus tard qu'ils célébraient un concert de rock nazi. Déjà que j'ai du mal avec le rock normal.
Les petits jeunes de la sécurité se sont ramenés. Courageux. Et se battant à la loyale.

Fallait pas!
Ça me fait plaisir.

Dieu bénisse, j'avais pas mon pistolet. J'ai vu les petits nazis sortir des barres de fer et des ceintures à clous. J'ai couru comme un maboula. Ma chaise en fer-blanc dans une main...
L'OLYMPIA brasserie
... ma bouteille d'anisette Phénix dans l'autre.
L'OLYMPIA
C'était chouette! Je crois que même les nazis ont passé une bonne soirée. Ah, tout passe, tout casse, tout lasse, comme disait ma grand-mère, la pauvre chérie.

Voilà, j'ai fait ma ronde. Aucune menace.
Dormez, braves gens.

CHAPITRE 6
UN FOURNISSEUR

Cette nuit, personne n'a menacé la synagogue.
HOTEL
ni pour y brûler un pneumatique.
ni pour voler mon magot.

Je me réveille au petit matin. Je déteste cet hôtel. Je commande un petit dejeuner en chambre. On me fait remarquer qu'y en a pas à cause du virus Covid. Je demande si je peux avoir mon breakfast dans la salle de restaurant, on me répond d'aller me faire voir, toujours à cause du virus.
je traverse la rue le ventre vide pour assister à l'office du matin de la synagogue. C'est pas que j'aie envie de prier.
je veux surveiller le magot.

caractéristique du grand âge. c'est le moment
... où ça te fait plaisir...
... d'aller au temple.

Je ne vais pas dans le bureau où est caché le blé. Tout d'abord, c'est SFAR qui a la clé. Ensuite, si je marche vers cette salle ou si je la regarde, je vais donner l'idée à d'autres d'aller y fureter. Je fonce direct à ma place, enfin, la place du fils de SFAR. Son casier n'est pas fermé à clé. J'emprunte ses téfilines (les phylactères, c'est taille unique). Je prie.
Une veilleuse pour les défunts me nargue, sur laquelle est écrit : "partout la course, ici le but". Judaïsme : foi progressiste qui parvient à se satisfaire parfois de cierges électriques.
A NOS CHERS DISPARUS

Vibration en haut à droite de mon pubis. Je n'ai pas éteint mon téléphone. Je ne vais pas répondre. Je me trouve dans cette situation absurde par peur de porter de l'argent un shabbat. J'ai également respecté l'interdit relatif à la cigarette et aux flammes qu'elle engendre.
!
Je ne vais pas tout gâcher et me porter la poisse en répondant au bigophone...
...même si j'ai la certitude que ce sont les destinataires du magot qui m'appellent et qui sont mécontents.

Je traîne toute la journée autour du Temple.
À la fin du shabbat, je vais récupérer mon magot.
merci mon Dieu, tout y est.
Dans ma poche, le smartphone a vibré
Toute la journée.
C'est le flic qui m'appelle de Paris.
Je vais D'abord livrer et répondre une autre fois.

Je me dis que ce sont des Juifs et qu'ils vont comprendre l'enchaînement de circonstances qui justifie mon retard de livraison. Dès la fin de l'office, je me dirige vers chez eux à pied.
BOLLYWOOD
LOLLYWOOD
INDIEN
NIÇOIS
AU CORNET ROYAL
L'avenue Jean-Médecin, désormais piétonne par la grâce du tramway, la place Masséna et ses fontaines.
La première cigarette d'après shabbat.
Je traverse le vieux Nice.

Gelateria AZZURRO
Le temple et les glaces.
qu'est-ce qu'il m'arrive?

Je passe devant le marché aux poissons de la place Saint-François.
Puis je rends hommage à la statue de Garibaldi. Les oncles du flic sont dans une petite rue en face d'une école.
Entre la place des Pins et la rue Barla ils tiennent une boutique de...

TÉLÉPHONIE ·
LAVERIE · INFORMATIQUE
COLIS · IMPORT-EXPORT · VAPOTAGE

Vous vendez quoi, ici?
Je vois de la cigarette électronique, des téléphones.
Vous faites aussi dépôt de colis.
Vous êtes de la police?
Vous mon plus je crois.
Je voudrais voir les propriétaires.

quoi?
IMPORT
QUOI?
Mais QUOI?

il s'inquiète, je sais même pas pourquoi.
je lui ordonne de se calmer et ça le panique. j'ai dû parler trop fort.
il va pour s'enfuir.

je l'attrape par le polo. je le colle sur la vitre du comptoir.
Ho!
je parle chinois ou quoi? je te dis que je dois voir les proprios.
y sont pas là. y a que moi.
ils sont où?

Covid. Les papés, ils se réunissent tous chez Doumé, chaque semaine. Pour ainsi dire cette semaine, y a eu un invité indésirable.
Le Covid.
Techniquement, je crois qu'on dit LA Covid.
Y sont morts?

Non. Non. Tout le monde est à l'hôpital. Alors le port, il est désorganisé. Dans chaque boutique ou restaurant, y a plus que des minots.
J'ai envie de lui en mettre une. Il a RIEN à faire. Vendre trois cartes téléphoniques par jour et empocher le liquide que je lui apporte. Même ça, ça le terrorise.
Allô! Allô, monsieur la police! ...
J'ai besoin de parler à une personne compétente.

il m'entend dire "police" et il recommence à vouloir s'enfuir. je laisse traîner la patte sur son passage. il s'étale.
comme une socca sur la plaque chaude !
Pardon, je vous appelle "la police" parce que je m'aperçois que j'ai pas noté votre nom. Je suis à destination. Vos oncles me sont pas là. je fais quoi ?
Pas par téléphone.
Mais je fais quoi ? il a raccroché. Bon. je vais me démerder.

Bon. Écoute moi, cougourdon ! C'est pas des grosses responsabilités. C'est rien de TRÈS illégal. Juste une petite délicatelle de paiement en cash pour des loyers. Alors c'est pas compliqué : j'ai trente mille euros pour tes proprios. Dont cinq mille pour moi, ce qui fait vingt-cinq mille. Je te les DONNE. Tu les PERDS PAS. Tu te les FAIS PAS VOLER. Et c'est tout.
Quand les vieux sortent de l'hosto, tu leur donnes ma petite enveloppe. C'est tout. Et moi je serai rentré à Paris
Tu te sens capable de faire ça ?
Oui.
Sans merder ?
Oui !

Oui. Oui. il n'y a pas de problème. Pardon pour ma panique. Mais tant qu'il sont à l'hôpital, j'ai de grosses responsabilités.
Tu préfères que j'aille leur donner en mains propres à l'hôpital ?
Y vous laisseront pas entrer si vous avez pas la covid.
Et ils diront que j'ai mal fait mon job. Non. Aucun problème, monsieur. Donnez-moi votre enveloppe d'argent liquide.
Tiens.
Attendez…
Où il va ce con ?

C'est quoi ?
Là !
Le registre de comptabilité. Vous m'écrivez votre nom, votre adresse, y compris e-mail. Et en face, la somme que vous m'avez remise.
Tu plaisantes ?
Pas du tout.
Il me faudrait aussi une copie de vos pièces d'identité.

Quoi !

Pardon. C'est parti tout seul. Je suis fendu.
Maintenant, tu prends mon pognon et je m'en vais.
Je regrette, c'est pas possible.

C'est une grosse pression, de tenir la boutique. Si les papas reviennent et que les comptes ne sont pas d'équerre je vais me faire incendier.
Mais non!
Qu'est-ce que tu comprends pas dans "paiement au noir"?
Tu veux pas que j'appelle les impôts et l'URSSAF aussi?
L'URSSAF, non.
Mais j'ai besoin de vos coordonnées et d'une copie de votre pièce d'identité.
Je n'en démordrai pas!

Je ne l'ai pas tué. Si un jour le Saint Béni soit-il fait le décompte de mes crimes et de mes mérites, qu'il veuille bien considérer qu'à ma place beaucoup d'autres croyants auraient cédé à la tentation et commis un assassinat en bonne et due forme.
Je l'ai laissé étourdi sur sa chaise avec l'argent dans une enveloppe et l'enveloppe dans sa poche de chemise.
Sur l'enveloppe, j'ai écrit "Loyer police".
206

j'ai rappelé le flic. il a pas répondu. Sans doute parce que "pas au téléphone". j'ai tout de même laissé un message sur lequel je dis "Mission accomplie".
Franchement, j'ai fait du mieux que je pouvais. Et j'ai gagné trente mille euros au casino. J'aurais pu éviter un meurtre sur l'autoroute. Soyez pas choqués mais je m'en fous. À mon âge, je dis les choses.
Cependant, je me sens mal.

C'est devenu ça, ma vie ? ils servent à boire sur la plage dorénavant. C'est une idée désastreuse, on est mal installés.
Je suis entouré de jeunes Italiens vissés à leurs téléphones. ils instagramment leurs cocktails.
je ne peux pas tuer tout le monde. ça ne ramènera pas ma jeunesse.

NEGRESCO
NEGRESCO

Ma femme me manque. Je paie sans finir mon Verre et je prends immédiatement la Route pour Paris.
Ce que je pense?
On vient tous d'Afrique.

Si ce n'est pour être un fauve que fais-tu là?
Je suis un fauve...
... qui transporte de PETITES sommes d'argent liquide.

Le premier berceau de l'humanité me manque. Sidi Bel Abbès, Oran, Alger.
La reine berbère qu'on appelle Kahena pour ne pas vexer celles et ceux qui croient qu'il existe des Arabes dans le Maghreb. En vrai, elle s'appelait Cohen.
On vient tous d'Afrique et ça nous manque.

L'ÉTERNEL m'a fait sortir d'Égypte de la maison de l'esclavage, car je veux ma piscine au cap d'Antibes.
Ou au pire, au pire près d'Aix-en-Provence. Mais Aix, il y fait très froid.
Renifle!
Le roy René a sa petite laine

des esclaves se sont sauvés d'Égypte car ils aimaient le Dieu Aton. Et moi je suis à Paris.

On travaille tous pour avoir notre villa sur la Côte d'Azur. On se dit "L'an prochain à Golfe-Juan". Et tu sais quoi?
L'argent, on l'a jamais.

Les tribus de fauves d'israël !
Asher
Reuben
Simeon
judah
Dan
Levi
naphtali
issachar
Zebulon
Levi
Benjamin
Gad
et moi !
zut, j'ai dit deux fois Levi !
j'ai mis celui des pantalons.
comment s'appelle l'autre tribu ?
ça doit être la mienne.

Tu te dis : mes petits-enfants, jamais ils viendront me voir si j'ai pas la piscine. Alors tu acceptes tous les boulots.
Je reviens avec cinq mille. Plus trente mille. Ma femme elle va être contente. Mais je suis pas près de l'avoir, ma villa.
BEN GURION AIRPORT
C'est peut-être pour ça que d'autres Juifs se tirent en Israël ?

Par envie d'AFRique. Et par dépit de ne pouvoir mettre assez d'argent de côté pour la fameuse villa.

avec piscine.
Alors la vie elle sert à quoi?

CHAPITRE 7

VERS LE GRAND NORD

Après Lyon je vous jure que je ne l'ai pas fait exprès, j'ai embrassé un platane.
J'avais trop tardé dans la pollution et les embouteillages du tunnel de Fourvière.
Holala
(Holalalala!)
Disons que j'ai fait preuve d'impatience.

Ma télévision intérieure s'est éteinte.
Et voilà, que je me suis dit. Tu meurs loin de Nice. Loin d'Antibes.
Et sans piscine.

C'est ça, la mort? La lumière s'éteint et je reste avec mes bavardages intérieurs?
Docteur! Il parle de piscine. C'est bon signe?
.....
J'entends ma femme. Peut-être que les anges, ils ont sa voix.

je t'ai apporté la guitare.
il paraît que Django Reinhardt, ça l'a sorti de l'hôpital.
De jouer.

Tu connais l'histoire du Juif? il dit : "Dieu! Dieu! Dieu! fais-moi gagner au Loto."
Et Dieu, il lui dit : "au moins, joue."
Ha! Ha!

j'ai trop mal aux mains.

Promis Babouma, dès qu'on m'enlève les plâtres, je joue.

♫ Si les fleurs
♫ qui bordent les chemins
♫ se fanaient toutes demain...
Hôpital Saint-Antoine

Fin. Joann SFAR, Caumont-sur-Durance. 7 Août 2022.

Né en 1971 à Nice, Joann Sfar s'est forgé un langage unique nourri par ses œuvres de bande dessinée et ses incursions dans le roman et le cinéma. On lui doit entre autres *Le Chat du Rabbin*, *Pascin*, *Les Carnets*, *L'Éternel*, *La Synagogue* ou encore le film *Gainsbourg, vie héroïque*.

Achevé d'imprimer en décembre 2022, en France par
La Nouvelle Imprimerie Laballery
58500 Clamecy (Nièvre)
N° d'impression : 212423

Sonatine Editions, 92 avenue de France, 75013 PARIS